DEC 0 2 2010

W9-BWB-593

Nota para los padres y encargados:

Los libros de *Read-it!* Readers son para niños que se inician en el maravilloso camino de la lectura. Estos hermosos libros fomentan la adquisición de destrezas de lectura y el amor a los libros.

 El NIVEL MORADO presenta temas y objetos básicos con palabras de alta frecuencia y patrones de lenguaje sencillos.

 El NIVEL ROJO presenta temas conocidos con palabras comunes y oraciones de patrones repetitivos.

 El NIVEL AZUL presenta nuevas ideas con un vocabulario más amplio y una estructura gramatical más variada.

 El NIVEL AMARILLO presenta ideas más elevadas, un vocabulario extenso y una amplia variedad en la estructura de las oraciones.

 El NIVEL VERDE presenta ideas más complejas, un vocabulario más variado y estructuras del lenguaje más extensas.

 El NIVEL ANARANJADO presenta una amplia de ideas y conceptos con vocabulario más elevado y estructuras gramaticales complejas.

Al leerle un libro a su pequeño, hágalo con calma y pause a menudo para hablar acerca de las ilustraciones. Pídale que pase las páginas y que señale los dibujos y las palabras conocidas. No olvide volverle a leer los cuentos o las partes de los cuentos que más le gusten.

No hay una forma correcta o incorrecta de compartir un libro con los niños. Saque el tiempo para leer con su niña o niño y transmítale así el legado de la lectura.

Adria F. Klein, Ph.D.
Profesora emérita, California State University
San Bernardino, California

Editor: Christianne Jones
Designer: Joe Anderson
Page Production: Tracy Kaehler
Creative Director: Keith Griffin
Editorial Director: Carol Jones
The illustrations in this book were created with acrylic paints.
Translation and page production: Spanish Educational Publishing, Ltd.
Spanish project management: Jennifer Gillis/Haw River Editorial

Picture Window Books
5115 Excelsior Boulevard
Suite 232
Minneapolis, MN 55416
877-845-8392
www.picturewindowbooks.com

Printed in the United States of America.

Library of Congress Cataloging-in-Publication Data
Dougherty, Terri.
[Bath. Spanish]
El baño / por Terri Dougherty ; ilustrado por Hye Won Yi ; traducción,
Clara Lozano.
p. cm. — (Read-it! readers en español)
Summary: After planting flowers in the yard, Tania and her dog Lupo both need a
bath, but who will get to use the soap first?
ISBN-13: 978-1-4048-2695-3 (hardcover)
ISBN-10: 1-4048-2695-5 (hardcover)
[1. Baths—Fiction. 2. Dogs—Fiction. 3. Brothers and sisters—Fiction. 4. Spanish
language materials.] I. Yi, Hye Won, 1979- , ill. II. Lozano, Clara. III. Title. IV. Series.

PZ73.D666 2006
[E]—dc22
                                                                    2006006651

El baño

por Terri Dougherty
ilustrado por Hye Won Yi
Traducción: Clara Lozano

Con agradecimientos especiales a nuestras asesoras:

Adria F. Klein, Ph.D.
Profesora emérita, California State University
San Bernardino, California

Susan Kesselring, M.A.
Alfabetizadora
Rosemount-Apple Valley-Eagan (Minnesota) School District

PiCTURE WiNDOW BOOKS
Minneapolis, Minnesota

—Es un gran día para sembrar flores —dijo Tania.

Tania y su perro Lupo corrieron
al jardín.

Tania cavó hoyos para las petunias y las caléndulas.

Lupo cavó hoyos por diversión.

Tania plantó las flores una por una.

Lupo cavó más y más hoyos.

El jardín estaba lindo, pero Tania no.

—Necesito un baño —dijo Tania.

—También Lupo necesita un baño
—dijo su hermano Rolando.

—Necesito jabón, una esponja
y una toalla —dijo Tania.

Entró a buscar lo que necesitaba.

El jabón no estaba en la jabonera.
La esponja no estaba junto al
lavabo. La toalla no estaba en
el toallero.

Tania miró por la ventana.
Rolando llevaba el jabón,
la esponja y la toalla.

—¡Rolando! —gritó Tania
por la ventana.

—¿Por qué te llevaste mis cosas del baño? ¡Las necesito para bañarme!

—Yo también necesito el jabón, la esponja y la toalla —dijo Rolando.

—¡Lupo necesita un baño!

21

Tania salió al jardín. Rolando estaba
llenando de agua una alberquita
y le puso jabón.

—¡Al agua! —les dijo a Tania y Lupo.

Tania brincó al agua y Lupo también.
Se formó una montaña de burbujas
de tanto chapoteo.

Muy pronto Tania y Lupo estaban limpios.

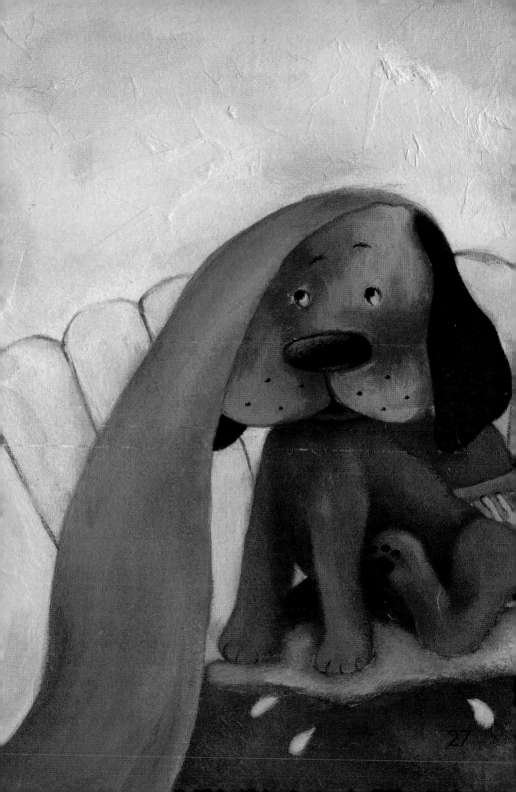

¡Pero alguien más estaba sucio!

—¡Rolando, necesitas un baño!

—dijo Tania.

Más *Read-it!* Readers

Con ilustraciones vívidas y cuentos divertidos da gusto practicar la lectura. Busca más libros a tu nivel.

Cleo y Leo	1-4048-2679-3
El mejor muñeco de nieve	1-4048-2670-X
El papalote de Pablo	1-4048-2707-2
El perrito travieso	1-4048-2671-8
El regreso a clases	1-4048-2678-5
El susto de Félix	1-4048-2680-7
Eloísa la egoísta	1-4048-2681-5
Espantapájaros flojo	1-4048-2675-0
Guillo el gusano	1-4048-2743-9
La estrellita	1-4048-2673-4
La gran carrera de Lucas	1-4048-2674-2
Los pantalones de Pablo	1-4048-2677-7
Nino aprende a nadar	1-4048-2700-5
Tito y Tita	1-4048-2676-9
Yo me encargo	1-4048-2672-6

¿Buscas un título o un nivel específico? La lista completa de *Read-it!* Readers está en nuestro Web site: *www.picturewindowbooks.com*